VIE

PRIVÉE, PUBLIQUE, ANECDOTIQUE ET MILITAIRE

DE

S. A. R. Mgr le Duc d'Orléans,

PRINCE ROYAL.

PARIS. — IMPRIMERIE DE E. BRIÈRE,

RUE SAINTE-ANNE, 55.

VIE

PRIVÉE, PUBLIQUE, ANECDOTIQUE ET MILITAIRE

DE S. A. R. MONSEIGNEUR

LE

DUC D'ORLÉANS,

Prince Royal.

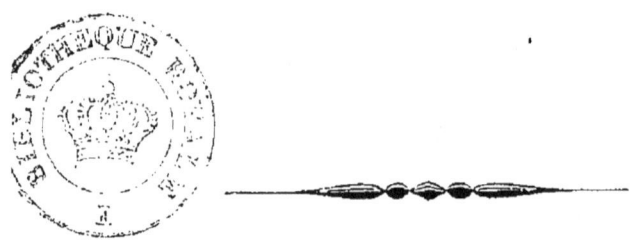

PARIS.

CHEZ LES PRINCIPAUX LIBRAIRES.

—

1842.

VIE

PRIVÉE, PUBLIQUE, MILITAIRE ET ANECDOTIQUE

DE

S. A. R. Monseigneur

LE

DUC D'ORLÉANS,

PRINCE ROYAL.

La France est plongée dans le deuil !

L'héritier présomptif de la plus belle couronne de l'univers ; le premier rejeton d'une famille de rois dont l'avènement a marqué pour la France l'ère nouvelle des libertés publiques et des prospérités nationales ; le Prince qui avait su captiver à la fois l'estime, l'amour, l'admiration du peuple et de

1

l'armée ; le protecteur éclairé des lettres, des arts et des sciences ; l'homme enfin dont l'existence active et généreuse était la source de tant de bienfaits, le modèle de toutes les vertus ; S. A. R. Monseigneur le duc d'Orléans n'est plus ! Une catastrophe à jamais déplorable vient de trancher le cours de cette existence déjà si noblement remplie et qui semblait appelée aux plus glorieuses destinées.

Triste et désastreux événement dont la France entière s'est émue ! douleur imprévue et poignante dont elle saignera long-temps !

Au bruit de ces lamentables nouvelles, ne croit-on pas entendre s'élever la voix funèbre et désolée de l'orateur chrétien, alors qu'il s'écriait, près des restes mortels d'HENRIETTE-ANNE-D'ANGLETERRE, duchesse, elle aussi, d'ORLÉANS : « O nuit désastreuse ! ô nuit effroyable !
» où retentit tout-à-coup cette étonnante nou-
» velle : Madame se meurt ! Madame est morte !
» *Qui de nous ne se sentit frappé à ce coup, com-*
» *me si quelque tragique accident avait désolé sa*
» *famille ? Partout on voit la douleur et le dé-*
» *sespoir ! Le Roi, la Reine, toute la cour, tout*
» *le peuple, tout est abattu, tout est désespéré !*
» Il me semble que je vois l'accomplissement

» de cette parole du prophète : « Le Roi pleure-
» ra, les princes seront désolés et les mains
» tomberont au peuple, de douleur et d'éton-
» nement ! »

Et qu'il nous soit permis ici de continuer encore quelque peu cette citation d'un texte, hélas!
si tristement applicable au malheur que nous
déplorons !

« Quoi donc! elle devait périr si tôt! Dans la
» plupart des hommes, les changemens se font
» peu à peu, et la mort les prépare ordinaire-
» ment à son dernier coup; Madame, cependant,
» *a passé du matin au soir*, ainsi que l'herbe des
» champs; et les fortes expressions par lesquel-
» les l'Écriture-Sainte exagère l'inconstance
» des choses humaines devaient être si précises
» et si littérales ! Hélas ! nous composions son
» histoire de tout ce qu'on peut imaginer de
» plus glorieux; le passé et le présent nous ga-
» rantissaient l'avenir et l'on pouvait tout at-
» tendre de tant d'excellentes qualités. Il n'y
» avait que la durée de sa vie dont nous ne
» croyions pas devoir être en peine; car qui eût
» pu seulement penser que les années eussent
» dû manquer à une jeunesse qui semblait si

» vive ! et c'est par cet endroit que tout se dis-
» sipe en un moment (1) ! »

Ferdinand-Philippe-Louis-Charles-Henri d'Orléans, duc d'Orléans, Prince royal, était né à Palerme, le 3 septembre 1810. Ainsi que tous les fils du Roi, S. A. R. suivit les cours de nos colléges, et commença dès ses jeunes années l'étude des hommes et des choses. Plein d'une noble émulation, le prince remporta dès lors, par son mérite, des palmes honorables, comme plus tard il conquit, par son épée, tous les grades de la hiérarchie militaire, et plus tard encore, à la tête de l'armée française, ces palmes immortelles que la victoire seule décerne sur les champs de bataille.

A peine sorti de la carrière des études littéraires et scientifiques dont il avait épuisé la série dans les cours de la Sorbonne et de l'École polytechnique, S. A. R. le duc d'Orléans prend aussitôt une part active et puissante dans les choses de la vie politique et militaire.

La France avait décidé que le royaume de Belgique serait constitué ; les forces de ce pays

(1) Bossuet. Oraison funèbre d'Henriette-Anne d'Angleterre, duchesse d'Orléans.

luttaient contre celles de la Hollande ; le corps d'armée, commandé par le prince de Saxe-Weymar, s'avançait sur Bruxelles ; cette capitale séparée de son armée, sans moyens de défense, ne pouvait être sauvée que par le secours de la France. Rien n'était comparable aux angoisses des habitans, si ce n'est leur impatience de voir arriver cette armée française, dont la présence devenait plus nécessaire d'heure en heure, de minute en minute.

Le 11 août 1831, au lever du soleil, on vit une foule immense encombrer les avenues du faubourg d'Anderlecht : cette foule allait saluer l'avant-garde de l'armée française qui, guidée par LL. AA. RR. les ducs d'Orléans et de Nemours, se dirigeait sur Bruxelles.

Aussitôt que la détermination de voler au secours de ce pays avait été prise par S. M. le Roi des Français, S. A. R. le duc d'Orléans s'était rendu au quartier du 1er régiment des hussards, dont il était colonel. Accueilli par les acclamations de ces braves auxquels était parvenue la nouvelle de la guerre, le jeune prince, après avoir rangé son régiment en cercle, lui avait adressé cette allocution :

« Braves Camarades !

» La Hollande, au mépris des traités et du droit des gens, attaque aujourd'hui la généreuse nation belge. La Belgique, notre alliée, réclame le secours de la France ; le Roi, mon père, a résolu de voler à sa défense. Que demain, à six heures, notre régiment soit en marche. Dès ce soir, je pars avec le brave maréchal Gérard. Camarades, nous nous trouverons sur la frontière, et c'est en face de l'ennemi que je prouverai que je suis aussi digne que fier de marcher à votre tête. »

Et le régiment répondit à ces nobles paroles par des *vivat* et des acclamations unanimes. Officiers et soldats, confondus dans un même élan de joie, s'embrassèrent en répétant le cri de *vive le Roi ! vive la France !*

Et quelques jours plus tard, LL. AA. RR. les ducs d'Orléans et de Nemours firent leur entrée dans Bruxelles, au milieu des transports de joie d'une foule exaltée qui concentrait sur ces Princes toute son attention et toute sa reconnaissance.

L'armée hollandaise battit en retraite.

L'année suivante, tandis que le choléra désolait Paris et la France, nous voyons S. A. R.

le duc d'Orléans, toujours empressé de se rendre là où il y avait une gloire à conquérir, un danger à braver, des consolations à répandre, nous le voyons parcourir les salles des hôpitaux infectés par l'épidémie. Comme le généralissime de l'armée d'Egypte, à Jaffa, il va de malade en malade, craignant pour tous, excepté pour lui-même; il se dirige avec plus d'empressement vers ceux que le fléau paraît avoir le plus profondément frappés. Là, calme au milieu des miasmes mortels qui s'exhalent de toute part, il se fait rendre compte des maux et des remèdes ; il s'enquiert des moyens employés pour combattre l'épidémie, réveille le courage de tous et l'espérance même des désespérés ; et, là comme toujours, sa présence est suivie d'une offrande généreuse qui ne sera stérile ni pour le malheureux ni pour le bienfaiteur.

C'est ainsi que ni la souffrance, ni le malheur, ni l'indigence n'invoquèrent jamais en vain les bienfaits du duc d'Orléans. De ces bienfaits, la liste en serait longue, et ces détails sont connus de chacun. Chez un peuple comme la nation française, la mémoire du cœur est impérissable.

Dans ses jours de loisirs, S. A. R. visitait les

écoles militaires et parcourait parfois les provinces de France. Saint-Cyr a conservé le souvenir de la présence de ce Prince, et ces jeunes soldats, qui, depuis, ont eu peut-être la gloire de partager ses travaux militaires, n'oublieront jamais avec quelle délicatesse de sentimens et de paroles le Prince dont nous déplorons la perte savait éveiller dans les cœurs toutes les émotions généreuses et patriotiques. Les provinces du nord et celles du midi, qui le virent successivement paraître au milieu de leurs populations, ne perdront pas non plus ce souvenir.

En Espagne, quand un prince a franchi le seuil d'une maison, le maître de cette demeure a le droit d'attacher, au-dessus de sa porte, une énorme chaîne de fer qui, disposée en forme de guirlande, reste comme un témoignage bizarre et singulier de l'honneur fait aux habitans de ces lieux ; en France, les souvenirs de ce genre n'empruntent pas le secours des métaux ; ils n'ont nul besoin de s'inscire en caractères d'airain ou de fer, mais ils n'en sont que plus durables : ils deviennent l'héritage des familles et passent de générations en générations.

Plus d'une fois le Prince eut occasion d'exprimer ses sentimens personnels, et toujours il le fit avec une franchise et une sincérité remarquables :

Il disait à Lyon : « Sincèrement dévoué à la » révolution de Juillet, aux institutions libé- » rales dont elle a doté la France, et à l'indé- » pendance de notre patrie ; résolu de les dé- » fendre au prix de mon sang, je trouverai, j'en » suis certain, sympathie dans les cœurs des » Lyonnais.

» Le voyage que j'entreprends a surtout pour » but de donner aux défenseurs de nos insti- » tutions toute la confiance qu'ils doivent avoir » dans l'appui du Roi, mon père, et d'enlever » en même temps aux factions ennemies cette » jactance qui leur tient si souvent lieu de force » et de courage. »

Partout, dans ces voyages qui furent une suite d'ovations, S. A. R. le duc d'Orléans fit preuve de cette rectitude de jugement, de cette hauteur de vues et d'intelligence qui, dès lors, avaient révélé l'homme capable de tout apprécier.

Cependant l'état de la Belgique réclamait de la part du Gouvernement français une seconde démonstration. La Hollande temporisait, attendant de la lenteur des négociations quel-

*

que ressource favorable ; la Belgique inquiète pressentait une lutte nouvelle. — Et déjà, S. A. R. le duc d'Orléans s'était rendu à Bruxelles.

Le 26 septembre 1832, le Prince passait en revue, dans les plaines de Denderleuwe, les troupes commandées par le général Clump ; il faisait, avec S. M. le Roi des Belges, son entrée dans Alost, au milieu d'une immense population. Toutes les maisons étaient décorées de drapeaux français et belges.

Ce voyage du duc d'Orléans était un avertissement nouveau donné à la Hollande, et dont elle eût pu profiter. Mais il était dit que la force des armes parviendrait seule à triompher de l'entêtement néerlandais.

Le 12 novembre 1832, LL. AA. RR. les ducs d'Orléans et de Nemours partent pour l'armée du Nord.

En même temps, S. M. le Roi des Français manifeste devant les Chambres assemblées ses résolutions irrévocables :

« Malgré les efforts de mon Gouvernement,
» disait le Roi, dans la séance du 20 novem-
» bre 1832, le traité qui devait consommer la
» séparation de la Belgique et de la Hollande

» demeurait sans exécution ; les moyens de
» conciliation semblaient épuisés ; le but n'était
» pas atteint.

» J'ai cru qu'un pareil état de choses ne
» pouvait se prolonger sans compromettre la
» dignité et les intérêts de la France. Mon pa-
» villon flotte aux embouchures de l'Escaut ;
» mon armée, dont la discipline et le bon esprit
» égalent la vaillance, arrive en ce moment
» sous les murs d'Anvers ; mes deux fils sont
» dans ses rangs. »

En effet, l'armée du Nord avait opéré son mou-
vement sur la Belgique. L'avant-garde comman-
dée par S. A. R. Monseigneur le duc d'Orléans
était arrivée devant la citadelle d'Anvers. Le
siége de la place avait commencé, et, le 17 décembre suivant, la prise de la lunette Saint-
Laurent devenait le prélude de la capitulation
signée le 24 par le général Chassé.

Cette première victoire des soldats de Juillet,
ce nouveau triomphe du drapeau rendu à la
France par la révolution de 1830, c'était sous
les yeux et à la voix des Princes d'Orléans qu'ils
s'étaient accomplis. Deux Princes avaient sanc-
tionné par leur présence cette résolution calme
et ferme du Gouvernement français qui, dans

l'exécution de son droit, dans l'accomplissement de sa parole, envoyait ses armées à la frontière, sans nul souci de ces présages qui lui montraient l'Europe prête à s'abattre sur la France. L'Europe tout entière assista au siége d'Anvers; elle vit agir nos soldats; elle vit agir les fils de notre Roi, et les coups de canon tirés contre la Hollande n'en demeurèrent pas moins sans écho. L'Europe se tint calme et respectueuse devant les bannières tricolores.

A quelques jours de là, l'envoyé plénipotentiaire de S. M. le Roi des Belges, déposant entre les mains du Roi des Français l'acte solennelle des remercîmens de la Belgique, s'exprimait comme il suit :

« Le souvenir de l'expédition d'Anvers et des noms qui en sont devenus inséparables est à jamais écrit dans nos annales.

» La Belgique y associera surtout les noms des deux Princes, fils de Votre Majesté, dont le jeune courage a deux fois concouru à l'exécution des garanties promises par la France. »

Cependant l'épidémie qui avait ravagé la France suspendit ses ravages. Après les jours de douleur et de crainte, vinrent les jours de justice et de récompense. Une médaille, frappée en l'honneur du dévoûment civique, fut offerte aux citoyens qui s'étaient signalés par des actes de courage et d'humanité. La Commission municipale eut l'honneur d'offrir à S. A. R. Monseigneur le duc d'Orléans la médaille qui lui avait été décernée.

Le prince répondit au discours de M. de Bondy, président de la Commission, par ces paroles si remplies de délicatesse et de sentiment :

« Je suis très-sensible au souvenir des habitans de Paris ; ce qui me flatte infiniment dans le don de cette médaille, c'est de la recevoir en même temps que vous, Messieurs, en même temps qu'une foule d'hommes dont la bienfaisance et le dévoûment ont combattu les effets de l'épidémie. Je verrai toujours cette médaille avec satisfaction, car elle restera, Messieurs, comme un témoignage honorable de ce que vous avez fait pour nos concitoyens. »

Quelques jours plus tard, S. A. R. souscrivait pour le monument du général Kléber.

Au mois de mai 1833, le prince se rendit à Londres. Reçu avec tout l'appareil dû à son rang, les salves de l'artillerie annoncèrent son arrivée en Angleterre ; les honneurs dont il fut partout l'objet prouvèrent à la fois combien

S. A. R. le duc d'Orléans excitait de sympathies, et combien le Gouvernement de son auguste Père avait acquis de force et de prépondérance.

Quoique absent de Paris, sa sollicitude ne s'en portait pas moins sur les artistes français dont les œuvres étaient alors livrées au jugement public ; nos peintres les plus célèbres pourraient rendre ici témoignage (1); quelques-uns moins connus pourraient attester que le mérite n'avait pas besoin de la renommée pour attirer les yeux et les bienfaits du Prince.

Et ce n'était pas tout encore. Tandis que S. A. R. prodiguait à Paris les commandes de tableaux, elle satisfaisait encore à Londres sa générosité : une somme considérable était remise au clergé, aux anciens pensionnaires de la liste civile de France et à des familles indigentes. C'était là, sans doute, des journées et des absences assez noblement remplies !

Parlerons-nous des bienfaits du Prince envers toutes les institutions fondées pour l'indigence et pour les enfans des pauvres? Les

(1) MM. Ingres , Delaroche, Tony Johannot, Roqueplan, les deux Scheffer, Paul Huet, Laberge, Lepoitevin, Barye, etc.

salles d'asiles, les écoles mutuelles, tout ce qui demandait assistance et secours était aussitôt l'objet des générosités du duc d'Orléans.

Dans un ordre d'établissemens plus élevés, dans les institutions, dans les colléges, Son Altesse Royale aimait à rappeler qu'elle aussi elle avait pris part aux études publiques.

Le 19 août 1833, le Prince honorant de sa présence la distribution des prix au collége de Compiègne, fit aux élèves réunis cette courte et fraternelle allocution :

« Je n'ai pas perdu l'habitude de prendre la part la plus vive aux succès des élèves de l'Université ; je suis leur aîné, il est vrai, mais j'aime toujours à me considérer comme un des leurs, et je saisirai avec empressement toutes les occasions de me trouver au milieu d'eux. »

Et ce n'était pas seulement par des paroles que le Prince aimait à protéger les études publiques ; on se souvient du don de 10,000 francs offert, en 1833, par Son Altesse Royale, au *Bulletin universel,* cette publication destinée à la propagation des sciences.

Comme tous les ordres de l'Etat, l'armée avait sa grande place dans les affections du Prince. Qu'on en appelle au témoignage de nos braves, et l'on apprendra bientôt quelles vertus civiles et militaires Son Altesse Royale déployait tour à tour, soit dans les exercices des camps, soit dans les périls des combats. Nous verrons plus loin Monseigneur le duc d'Orléans marcher à la tête des colonnes, et, dans ces guerres nouvelles des défilés africains, déployer toute l'énergie de valeur, toute l'intrépidité, toute la prudence des généraux vieillis dans la poussière des batailles.

Les tourmentes politiques, les émeutes, les insurrections ne l'avaient pas laissé indifférent : on se souvient du péril que Son Altesse Royale courut le 24 avril 1834.

Au moment où les princes traversaient la rue Saint-Martin, plusieurs coups de feu furent dirigés sur eux du troisième étage d'une maison occupée par des anarchistes. Une balle, qui avait passé entre Monseigneur le duc d'Orléans et un de ses aides-de-camp, alla percer le schako d'un soldat qui marchait à leur côté, pendant qu'un pavé, lancé de la même maison, venait également tomber à côté du Prince.

Et quand l'insurrection eut succombé, la première pensée du Prince fut encore une pensée de bienfaisance. Le 8 mai 1834, Son Altesse

Royale fit porter à M. le maréchal président du Conseil une somme de 10,000 francs destinée à secourir les blessés de ces jours de deuil.

Cependant d'autres luttes allaient s'engager en Afrique ; une expédition importante se préparait ; S. A. R. Monseigneur le duc d'Orléans résolut d'en diriger le cours et d'en partager les périls.

Devant les murs d'Anvers, le Prince Royal avait assisté aux travaux d'une guerre régulière et tout européenne, dont il avait su prendre sa part. Maintenant que la nécessité de venger la défaite de la Macta et la mort de nos braves rassemblait de nouveau, en Afrique, une armée pleine d'ardeur, le Prince allait suivre les chances d'une guerre toute nouvelle, pleine de surprises et de dangers.

Le 10 novembre 1835, Monseigneur le duc d'Orléans arriva dans le port d'Alger. Depuis quelques jours, tous les regards se dirigeaient vers la pleine mer pour chercher à distinguer aux limites extrêmes de l'horizon quelque trace de fumée qui indiquât le bateau à vapeur si impatiemment attendu.

Il serait difficile de décrire la joie qui éclata de toutes parts quand les trois coups de canon annonçant l'approche du bâtiment retentirent sur la rade : on avait amené un superbe cheval indigène, bridé et sellé à la manière arabe, et couvert d'une housse en soie, brochée d'or et d'argent, qui lui tombait sur les jarrets, semblable à celle qui couvrait habituellement le cheval du Dey. C'est sur ce cheval que le prince fit son entrée, et la grâce et l'aisance avec lesquelles il le maniait auraient fait honneur au cavalier le plus habitué à la selle arabe, ainsi que les indigènes en firent la remarque. Avant de traverser l'arc-de-triomphe élevé à la porte de la Marine, le prince avait trouvé sur son passage le brave commandant de Lamoricière et ses zouaves ; il avait pu admirer leur air martial, rehaussé par le pittoresque et l'étrangeté de leur costume; il répondait à tous les discours et à tous les complimens d'usage avec une facilité d'élocution, un esprit d'à-propos et une bonté réellement remarquables. Il visita d'abord les malades et les blessés dans les hôpitaux. En accordant ainsi ses premiers momens à ceux des officiers et des soldats qui, dans les derniers combats, avaient versé leur sang pour l'honneur national, ou qui étaient retenus hors des rangs par suite des fatigues de la guerre et d'un service très-pénible, le Prince donna une nouvelle preuve de toute sa sollicitude pour l'armée.

Un événement assez étrange signala la visite que S. A. R. le duc d'Orléans fit au camp de Bouffarik : Une jeune négresse, ne pouvant plus supporter les mauvais traitemens de son maître, s'était réfugiée, quelques jours avant l'arrivée de S. A. R., dans le camp de Bouffarik, d'où elle ne voulait plus sortir, suppliant nos soldats de la sauver des rigueurs du Maure à qui elle appartenait. Au moment où Monseigneur le duc d'Orléans entrait dans le camp, la négresse vint se jeter à ses genoux, et, d'un autre côté, arrivait le maître pour la réclamer comme sa propriété. La pauvre négresse avait l'air si malheureux, que le prince eut l'idée d'indemniser le Maure et de la rendre ainsi à la liberté, sans attenter à un droit de propriété reconnu dans le pays. Mais, une fois rachetée, on ne savait que faire de la négresse. Alors Monseigneur le duc d'Orléans promit une dot si un nègre de bonne conduite et libre se présentait pour l'épouser. Un nègre, maréchal-des-logis dans les spahis, étant venu s'offrir, le prince l'agréa ; la dot fut donnée, et les deux noirs s'en retournèrent heureux à

Alger, où ils furent mariés à la grande mosquée.

Cette action et beaucoup d'autres, qui montrèrent tout ce qu'il y avait de bonté intelligente dans le cœur de Monseigneur le duc d'Orléans, le rendirent cher à la population indigène du pays, qui ne cessait d'admirer en lui sa bonne mine, sa tournure martiale, sa taille élevée, la grâce avec laquelle il savait manier un cheval, et le ton ferme dont il commandait aux troupes pendant la manœuvre, toutes qualités que les Orientaux apprécient encore plus que nous. Le voyage du Prince Royal devait avoir, d'ailleurs, deux résultats importans : celui de rattacher la population indigène à la domination française par le plus solide des liens, par la confiance; et celui de rassurer complètement des intérêts qui méritent toute l'attention d'un gouvernement libéral; car ce sont des intérêts de civilisation et d'humanité.

Le 19, par un temps superbe, le Prince partit pour Oran avec M. le maréchal Clausel. L'armée se mit en marche et ne tarda pas à joindre celle d'Abd-el-Kader. Les combats de Ghasouf et de l'Habrah furent très-vifs. C'est à cette dernière affaire que se passa un fait qui, pen-

dant long-temps, défraya toutes les conversations et toutes les nuits passées au bivouac.

Impatient de découvrir le terrain devant lui,
et de franchir, pour cela, un rideau de bois assez épais, M. le maréchal Clausel marchait avec
Monseigneur le duc d'Orléans en avant de la
colonne, précédés seulement de quelques tirailleurs qu'ils avaient presque rejoints, et suivis
d'un peloton de chasseurs d'escorte de 40 à 50
chevaux au plus. Tout-à coup ils découvrent
le revers du rideau, et se trouvent à 200 pas
d'une masse énorme de cavaliers, dans laquelle
vont donner les 10 ou 12 voltigeurs qui les pré-
cèdent. Un de ces mouvemens d'élan, qui nous
ont valu tant de succès déjà, se manifeste aussitôt parmi les officiers d'état-major et d'ordonnance qui suivent S. A. R. et M. le maréchal :
mettre le sabre à la main, sans calculer le
grand nombre des Arabes, enlever avec le brave
capitaine Bernard les chasseurs d'escorte par le
cri de : *En avant! en avant!* charger à fond
l'ennemi, le faire reculer en désordre à plus de
500 mètres, lui tenir tête ensuite, en soutenant
les chasseurs auxquels le capitaine ordonne de
quitter le sabre pour la carabine et d'ouvrir
un feu de tirailleurs, tout cela se fait aussi rapi-

dement que l'éclair. Heureusement les Arabes, malgré leur immense supériorité en nombre, restent, pour la plupart, immobiles et comme frappés de l'intrépidité avec laquelle ils viennent d'être chargés : une partie seulement songe à tirer sur la petite troupe qui lui est opposée ; une compagnie d'infanterie et deux obusiers, que M. le maréchal Clausel fait promptement avancer, viennent dégager la cavalerie, et quelques obus qui éclatent au milieu des Arabes les repoussent et les dispersent entièrement.

Pendant cette journée, on vit plus d'une fois Monseigneur le duc d'Orléans, n'écoutant que son ardeur et son courage, se jeter lui-même au milieu de notre infanterie, l'exciter à bien faire, et donner à nos jeunes soldats l'exemple du sang-froid et de l'intrépidité. C'est dans un de ces instans que le Prince fut atteint d'une balle à la cuisse gauche, au-dessus du genou. L'atteinte ne produisit heureusement qu'une forte contusion ; néanmoins le Prince souffrit d'abord beaucoup ; bientôt il put remonter à cheval et suivre la marche de l'armée ; cette blessure fut pour tous une preuve évidente de la part glorieuse que S. A. R. avait prise au combat.

Quelques jours après l'armée entrait à Mascara, abandonnée par les troupes de l'Emir après les cruautés les plus inutiles ; il n'y restait plus que sept à huit cents Juifs consternés et tremblans. Le feu consumait presque toutes les maisons ; bientôt même l'incendie devint général, et, après que la mine eut détruit tous les établissemens militaires d'Abd-el-Kader et ses magasins, renfermant une grande quantité de grains, de soufre et de salpêtre, il ne resta plus rien de cette malheureuse ville dont la population suivit nos soldats.

C'est pendant des marches excessivement fatigantes, à travers les passages de l'Atlas, rendus presque impraticables par les pluies, que nos soldats, auxquels S. A. R. donnait tous les jours l'exemple de la plus touchante humanité, cherchèrent à adoucir, par tous les moyens possibles, la misère des pauvres émigrés qui les accompagnaient; non-seulement les cavaliers mirent des femmes et des enfans sur leurs chevaux, mais les fantassins, et surtout les zouaves, qui formaient l'arrière-garde, n'hésitèrent pas, malgré leurs fatigues et la difficulté qu'ils avaient eux-mêmes à marcher, à prendre aussi des enfans sur leurs épaules et

sur leurs sacs alourdis par cent cinquante car-
touches, car il avait fallu soulager les chameaux
qui portaient les munitions de guerre.

Les résultats de l'expédition de Mascara, où
S. A. R. montra toute la solidité de son instruc-
tion militaire, furent immenses au point de vue
de la question stratégique, et d'une utilité incon-
testable pour la science et la colonisation. Les
Arabes avaient été mis en pleine déroute, l'Emir
était complètement abandonné, et sa puissance
morale venait d'être détruite.

L'année suivante, Monseigneur le duc d'Orléans fit un long voyage en Allemagne avec son
frère, Monseigneur le duc de Nemours. On se
souviendra de l'empressement avec lequel les
deux illustres voyageurs furent accueillis dans
toutes les villes où ils se présentèrent. Monseigneur le duc d'Orléans, très-versé dans la langue allemande, s'en servit plus d'une fois pour
répondre aux discours et aux complimens qui
lui furent adressés à son passage. A Berlin
comme à Vienne, les deux princes se firent re-
marquer par une attitude toujours modeste et
par un sentiment très-vif de toutes les conve-
nances. Leur présence dans les Etats allemands
ne fut pas inutile ; elle unit par un lien plus

étroit l'Allemagne à la France. Et dans les conversations fréquentes qu'il eut avec lui, M. de Metternich, dit une personne digne de foi, fut toujours enchanté des idées et de la tournure d'esprit de l'héritier du trône de France.

Nous l'avons dit : Monseigneur le duc d'Orléans, curieux de voir tout par lui-même, fit plusieurs voyages dans l'intérieur de la France. Il visita souvent les provinces de l'Est, et son voyage dans le Midi, en 1839, prouva avec quel soin il s'enquérait des causes de la prospérité nationale, des moyens d'améliorer et de protéger tout ce qui concernait notre agriculture, notre commerce et notre industrie. La ville de Bordeaux n'oubliera pas le séjour qu'il fit dans ses murs; les excursions du prince dans l'île de Corse, en 1835, où il s'arrêta à Bastia et à Ajaccio, sont encore de nouvelles preuves en faveur des faits que nous rappelons. Depuis quelques années déjà, S. A. R. s'initiait par des études consciencieuses et persévérantes aux maniement des affaires de l'État, à la connaissance de nos besoins et de toutes les parties de l'ordre social.

En 1839, il était accompagné dans nos provinces méridionales de S. A. R. la Princesse

2

Hélène que, deux ans avant, il avait épousée aux applaudissemens de la France entière.

Ce fut le 30 mai 1837 que Monseigneur le duc d'Orléans se maria à Hélène-Louise-Élisabeth, Princesse de Mecklembourg-Schwerin. Il en eut deux enfans : Louis-Philippe-Albert d'Orléans, comte de Paris, qui devient Prince royal; il est âgé bientôt de 4 ans, et Robert-Philippe-Louis-Eugène-Ferdinand d'Orléans, duc de Chartres, qui n'est point encore âgé de 2 ans. Nous nous rappelons toujours quel immense espoir fit naître l'arrivée de cette jeune et gracieuse Princesse, riche de tous les dons de la nature et de l'intelligence, et qui, lorsqu'à peine elle avait touché le sol de la France, avait gagné tous les suffrages ; ce n'était plus une étrangère, c'était déjà une Princesse Française et de cœur et d'esprit, parlant notre langue avec une élégante facilité, repondant à tous avec une aimable bienveillance et laissant partout des souvenirs ineffaçables de son passage : à nos écrivains et à nos artistes, des paroles charmantes et d'ingénieux complimens pour leurs œuvres qu'elle savait apprécier; aux pauvres, de généreuses aumônes pour soulager des infortunes que depuis elle a toujours su réparer à force de sollicitude.

Les fêtes célébrées à Fontainebleau avec une magnificence toute royale n'avaient été que le prélude d'autres solennités aussi mémorables. L'inauguration des galeries historiques de Versailles, musée national, monument élevé par notre souverain à nos gloires les plus chères, continua dignement ces fêtes splendides. D'autres fêtes, plus brillantes encore, les suivirent dans la capitale. Nous ne décrirons pas les transports de joie qui éclatèrent lorsqu'au milieu des rangs de l'armée qui l'attendait sur son passage, aux acclamations d'une immense multitude, on vit entrer dans Paris la Princesse que l'Allemagne donnait à la France. Cette journée est encore présente à notre souvenir : ces cris d'allégresse témoignaient assez de l'intérêt qu'excitent toutes les personnes et tous les événemens qui se rattachent aux destinées d'une famille aimée et vénérée de tous les bons citoyens.

Une vie et des habitudes nouvelles n'avaient cependant point ralenti l'activité de S. A. R. Mgr le duc d'Orléans ; et, après les voyages dans le Midi dont nous avons parlé, il songea à passer de nouveau en Afrique pour y prendre cette fois un commandement important sous les ordres de M. le maréchal comte Vallée, alors gouverneur-général de l'Algérie. On se rappelle encore avec quel bonheur fut conduite cette campagne et le bon effet produit dans l'esprit des populations indigènes du nord de l'Afrique par la nouvelle d'un événement auquel on osait à peine ajouter foi. Le terrible défilé des Bibans, si redouté des Turcs, avait été franchi sans obtacle et sans aucune perte. Ces fameuses *Portes-de-Fer* n'é-taient plus une difficulté sérieuse pour nos ar-mées ; le prestige qui entourait ce formidable rempart était évanoui.

Jamais notre puissance n'avait paru mieux affermie, jamais la colonie n'avait été aussi tranquille. Tout-à-coup une insurrection écla-te, la Mitidja est envahie, des hordes af-freuses portent l'incendie et la dévastation jusque sous les murs mêmes d'Alger. Mais le succès de nos ennemis ne fut pas de longue durée ; et déjà ils avaient été châtiés sévèrement, quand, au retour de la belle saison, une expé-dition fut résolue et préparée avec les plus grands soins. Monseigneur le duc d'Orléans et Monseigneur le duc d'Aumale furent appelés à en faire partie. Bientôt ils eurent atteint la ville de Toulon et arrivèrent en Afrique.

Les princes, partis d'Alger le 17 avril, à midi,

se rendirent à Bouffarik où Mgr le duc d'Orléans prit le commandement de sa division. Sa présence avait ranimé l'espérance des colons, et l'armée le reçut avec enthousiasme. Elle se montrait animée du plus grand désir de combattre sous ses yeux.

Le 29, l'armée attaqua les Arabes sur l'Ouedjez. L'ennemi, débordé par ses deux ailes, fut rejeté sur la position de l'Afroun, qu'on enleva à la baïonnette ; on le poursuivit jusqu'à la nuit close : toutes les troupes s'étaient parfaitement conduites, les pertes avaient été peu sensibles. Les ducs d'Orléans et d'Aumale, qui marchèrent constamment à la tête des troupes, ne furent pas blessés.

Une affaire plus sérieuse se préparait ; bientôt l'armée entière devait applaudir au sang-froid et à la bravoure des fils de notre Roi. On sait que le fameux col du Téniah, un des plus formidables défilés qui existent, a été fortifié de main de maître par la nature. Abd-el-Kader s'y était retranché dans une douzaine de redoutes, où il avait logé 6,000 hommes d'infanterie, dont 2,500 réguliers, avec des pièces de canon. Le plan d'attaque, parfaitement conçu par le maréchal, fut exécuté avec un rare sang-froid et une brillante valeur par le prince, qui commandait lui même la première division. Le général Duvivier, et le colonel Lamoricière avec ses zouaves, attaquèrent le défilé par les hauteurs de gauche; le prince l'attaqua de front avec une brigade; on aborda l'ennemi à la baïonnette, le combat fut acharné, la défense vigoureuse. Le Prince royal chargea à la tête des troupes et enleva le col l'épée à la main; alors les deux autres colonnes, déjà maîtresses des redoutes élevées sur les hauteurs, descendirent dans le défilé et se réunirent à la brigade du Prince. Ce moment fut magnifique! Les Arabes fuyaient de toutes parts, abandonnant drapeaux et canons. Le drapeau français étalait déjà ses couleurs sur le sommet des redoutes, et les cris de *Vive le Roi!* retentissaient avec force, répétés par les échos de la montagne. Tous ces fronts basanés étaient brillans de joie, le Prince était ravi; son jeune frère, le duc d'Aumale, qui faisait ses premières armes, s'était conduit avec l'intrépidité d'un officier éprouvé. On racontait qu'il avait donné son cheval à un colonel tombant de fatigue, après deux heures de pénible escalade sur le flanc de la montagne. On le vit, le sabre au poing, charger à la tête des grenadiers du 23ᵉ, et entrer un des premiers dans une redoute.

C'est à cette époque qu'un journal rendait ainsi justice au caractère et à la modestie des deux princes :

« Nous avons dit déjà que le duc d'Orléans
» s'était distingué par son sang-froid et par les
» soins constans dont il entourait les soldats
» placés sous ses ordres. Le duc d'Aumale
» aussi a noblement rempli son devoir. Tous
» deux aujourd'hui, dit-on, s'honorent par
» l'enthousiasme sincère avec lequel, en s'ou-
» bliant eux-mêmes, ils racontent les exploits
» de leurs braves compagnons d'armes. »

Nous avons rappelé de quelle sollicitude Monseigneur le duc d'Orléans entourait les classes pauvres ; le secours de 10,000 fr., envoyé aux ouvriers de Lyon sans ouvrage, et tant d'autres bienfaits, dont la moitié restait ignorée, prouvent assez combien était grande son humanité. L'intérêt qu'il portait à la santé et au bien-être du soldat était une nouvelle preuve de cette bienveillance et de cette bonté que rien n'égalait. Versé d'ailleurs dans tout ce qui concernait l'équipement et les manœuvres de l'armée, Mgr le duc d'Orléans avait organisé lui-même ces dix bataillons de tirailleurs, dont les premiers soldats envoyés en Afrique se rendirent si redoutables aux Arabes que ceux-ci leur donnèrent le surnom d'*Enfans de la Mort.* C'est grâce à toutes ces qualités, à ses connaissances et à son courage personnel qu'il s'était attiré la confiance et l'amour du soldat. Voici un fait qui nous est attesté par un témoin digne de foi : au combat du Téniah, au moment où le prince s'élance au milieu des balles, quelques officiers veulent l'arrêter : « Laissez ! » laissez ! s'écrie-t-il en rejetant en arrière son » burnous, il faut que mes jeunes épaulettes » s'accoutument aujourd'hui à l'odeur de la » poudre. » S. A. R. venait d'être nommé lieutenant-général.

On sait d'ailleurs que le courage est héréditaire dans cette auguste famille. On se rappelle avec quel sang-froid et quelle intrépidité, deux ans auparavant, S. A. R. Monseigneur le duc de Nemours lança, sur la brèche de Constantine, la première colonne d'attaque. A la tête de ses soldats, le prince communiquait à tous, par l'exemple de sa valeur guerrière et l'énergie de ses paroles, le noble feu qui l'animait.

A cette époque, M. Augustin Thierry avait cru devoir demander une audience à S. A. R. Monseigneur le duc d'Orléans, son intention étant de lui présenter un nouvel ouvrage. S. A. R. répondit immédiatement qu'elle savait que malheureusement la santé de M. Thierry ne lui permettait pas de se déplacer, mais que, ne voulant point se priver du plaisir de causer avec lui, elle irait le voir le lendemain.

Monseigneur le duc d'Orléans, en effet, se rendit chez M. Thierry, qu'il trouva entouré de sa famille. Il ne se retira qu'en lui renouvelant l'assurance de tout l'intérêt avec lequel il suivait ses nombreux et importans travaux. Il est difficile de dire qui cette visite honora le plus, de l'écrivain ou du prince qui savait si bien allier la dignité de sa position avec les égards dus au véritable talent.

Les attentions délicates ne surprenaient personne de la part de Monseigneur le duc d'Orléans. M. Achile Guilhem, auditeur au conseil d'état et autrefois son condisciple, se trouvait depuis plusieurs semaines retenu chez lui par suite d'une entorse ; le duc d'Orléans, informé de cet accident, s'empressa aussitôt d'aller visiter son ancien condisciple.

Les princes français n'oublient pas leurs promesses. M. Plantier, lieutenant au 2e léger, ayant été blessé pendant la campagne de Mascara, l'amputation de la jambe droite devint nécessaire. Le jour même de cette opération, Monseigneur le duc d'Orléans et M. le maréchal Clausel témoignèrent le désir d'aller voir cet officier. Le Prince, en témoignant à M. Plantier tout le chagrin qu'il éprouvait de l'accident malheureux qui le privait d'un membre, le rassura et lui demanda ce qu'il désirait avoir. — La carrière militaire de cet officier était brisée, il n'avait pour toute fortune que son grade; il demanda une perception dans son pays. — Peu de tems après son arrivée à Paris, le prince écrivait à M. Plantier qu'il avait obtenu la perception qu'il désirait.

Ce fait n'a pas besoin de commentaires.

Le duc d'Orléans, ayant remarqué aux revues passées par lui que MM. les officiers-généraux lui faisaient rendre les mêmes honneurs qu'à Sa Majesté, fit dire au lieutenant-général commandant les troupes, lors d'une revue qu'il passait aux Tuileries, qu'il entendait qu'on ne lui ren-

dît que les honneurs auxquels son grade de lieutenant-général lui donnait droit. La conduite
du duc d'Orléans en cette circonstance n'était
pas seulement modeste, elle était toute militaire, et offrait une preuve de son respect pour
les réglemens qui régissent l'armée.

Dans son voyage en Angleterre, S. A. R.
Monseigneur le duc d'Orléans se rendait aux
docks de la compagnie anglaise, lorsque le postillon de volée qui le conduisait, tomba de cheval
et se cassa la jambe. On insistait pour que le
Prince continuât sa route, sans s'inquiéter d'un
malheureux de si bas étage ; le Prince refusa ;
il ne s'éloigna de ces lieux qu'après l'arrivée
du chirurgien qu'il avait fait appeler. Puis,
comme il apprit que la famille du postillon était
nombreuse et pauvre, il lui fit remettre cent
louis par le comte Abermale.

Dans une course de chevaux à laquelle assis-
tait Monseigneur le duc d'Orléans, un enfant de
dix ans, placé dans la tribune de S. A. R., pro-
voquait les personnes voisines à parier contre
lui. Mais il élevait en vain sa petite voix en-
fantine, quand tout à coup le Prince, l'attirant
près de lui, lui demanda quel était son enjeu.
— Tout ce que vous voudrez, Monseigneur,

repartit l'enfant, en secouant sa bourse. — Eh ! bien, mon jeune ami, je parie un cheval arabe contre une page de votre écriture.

L'enfant gagna et vit arriver le lendemain un magnifique cheval choisi parmi ceux que S. A. R. avait reçus d'Afrique.

Le 13 juillet, à midi, Mgr le duc d'Orléans devait partir pour Saint-Omer, où S. A. R. devait inspecter plusieurs régimens désignés pour le corps d'armée d'opérations sur la Marne. Ses équipages étaient commandés, ses officiers étaient prêts. Tout se disposait au pavillon Marsan pour ce voyage, après lequel S. A. R. devait aller rejoindre Mme la duchesse d'Orléans aux eaux de Plombières. A onze heures, le prince monta en voiture pour aller à Neuilly faire ses adieux au Roi, à la Reine et à la famille royale. Arrivé à la hauteur de la barrière de l'Étoile, le prince, qui était seul dans sa voiture, sur le siège de derrière de laquelle était un domestique, remarqua que l'un des chevaux paraissait se tourmenter ; il avertit le postillon, qui d'abord retint le cheval, mais bientôt n'en fut plus maître. Le second cheval, le porteur, excité par les allures vives et impatientes du cheval sous la main, commença aussi à s'animer, et au moment où l'équipage parvint au tournant du chemin de la Révolte et de l'avenue de Neuilly, en face de la porte Maillot, le postillon dut employer toutes ses forces pour contenir l'attelage. « Vos chevaux s'emportent ! » cria le duc d'Orléans ; et comme le postillon se consumait en efforts inutiles pour les retenir, le Prince royal renouvela deux fois cet avis en se penchant hors de la voiture.

Cependant le danger devenait de plus en plus imminent, et les chevaux lancés à toute volée menaçaient de précipiter la voiture dans le fossé qui fait face à l'extrémité du chemin de la Révolte.

Il paraît qu'en ce moment, tandis que Monseigneur le duc d'Orléans était debout, un choc irrésistible le lança hors de la voiture avec une épouvantable violence. Le Prince tomba sur la tête, et se fractura le crâne (1).

(1) Voir plus loin les détails relatifs à l'autopsie.

Relevé aussitôt par les témoins de sa déplorable chute, le Prince royal fut transporté dans la maison la plus proche, qui se trouva être celle d'un marchand épicier, chemin de la Révolte, 6.

Au moment où il avait été relevé, sur le théâtre même de l'événement, le Prince avait perdu connaissance ; on s'enquit aussitôt d'un médecin qui pût lui donner les premiers secours ; tandis que l'on courait à Paris et à Neuilly prévenir les hommes de l'art attachés au château, trois médecins de la commune de Neuilly étaient arrivés près du prince, et une saignée fut aussitôt pratiquée. Bientôt les secours arrivèrent de tous côtés ; quarante sangsues furent appliquées à la tête : les remèdes les plus énergiques furent employés ; mais, malgré tous les efforts de la science, le Prince ne put recouvrer le sentiment. Cependant M. le docteur Pasquier fils, premier chirurgien du Prince royal, venait d'arriver. En même temps, LL. AA. le duc d'Aumale, accouru de Courbevoie, et le duc de Montpensier, de Vincennes, avaient rejoint leur famille à Neuilly. Le docteur, après avoir examiné l'état du blessé, avait déclaré que sa situation était des plus graves. On craignait un épanchement au cerveau, et tous les symptômes se réunissaient malheureusement pour donner crédit à cette appréhension redoutable. Chaque minute semblait empirer le mal. Le prince n'avait pas repris un seul instant connaissance. Quelques mots, prononcés confusément en langue allemande, avaient seuls pu inspirer un espoir presque aussitôt évanoui que conçu.

Cependant à la nouvelle de cet accident, la Reine, hors d'elle-même, s'était précipitée vers le parc de Neuilly et le traversait avec rapidité ; le Roi l'avait suivie. Les voitures rejoignirent LL. MM. qui, accompagnées de Mme la princesse Adelaïde, et de Mme la princesse Clémentine, continuèrent leur route jusqu'à la maison où Monseigneur le duc d'Orléans avait été porté, et où il ne donnait presque plus signe de vie. On se figure plus aisément qu'on ne les décrit l'émotion et la douleur de LL. MM. et de LL. AA. RR. en présence d'un pareil spectacle.

Au moment où la Reine arriva près du lit de son auguste fils, de grosses larmes s'échappèrent des yeux du Prince mourant qui demeura sans voix ; l'arrivée du Roi, des Princes et des

Princesses parut augmenter ses larmes, mais toujours sans lui rendre la parole, malgré les cris désespérés et les caresses pleines d'angoisses de cette royale famille.

Et dans ce moment même, une autre calamité menaçait de frapper encore et le Roi et la France :

Monseigneur le duc d'Aumale, prévenu en toute hâte, était parti de Courbevoie pour Neuilly. Le cheval de son cabriolet s'emporta, et la voiture, jetée sur un chariot de roulage, se brisa. Grâce au Ciel, ce nouvel accident n'eut pas d'autre suite.

Cependant la Reine avait demandé un prêtre. M. le curé de Neuilly s'était empressé d'accourir. Il essaya de parler au Prince, qui paraissait tout voir et tout comprendre, mais qui n'a jamais répondu. En ce moment, ses souffrances ont semblé extrêmes et le vénérable pasteur s'est préparé à lui donner l'extrême-onction.

Alors la chambre où se trouvait Monseigneur le duc d'Orléans a présenté un spectacle déchirant et sublime. Le Roi, la Reine, les Princes et les Princesses étaient à genoux, par terre, autour du moribond, poussant des sanglots, et le prêtre lui administrait le dernier sacrement.

Le Prince royal était en proie à tous les symptômes d'une fin prochaine. A trois heures quarante-cinq minutes, il rendait son âme à Dieu, béni par la religion, qui avait assisté ses derniers momens, entre les bras du Roi son père, qui avait incliné ses lèvres sur ce front mourant, sous les larmes de sa mère infortunée, au milieu des sanglots et des cris de douleur de toute sa famille.

La porte de la maison, sur laquelle étaient fixés tous les regards, s'ouvrit: chacun se découvrit et fit silence en voyant apparaître une longue civière portée par des soldats et des serviteurs de la maison d'Orléans et tout enveloppée de rideaux blancs dérobant aux regards le corps de l'auguste défunt.

Le Prince mort, le Roi avait entraîné la Reine dans une pièce contiguë à la chambre mortuaire, où les ministres, les maréchaux et tous les assistans étaient rassemblés. On se précipite aux pieds de la Reine. « Quel malheur pour notre famille! s'écrie Sa Majesté; mais quel affreux malheur aussi pour la France! » Et, en prononçant ces mots, la Reine sanglotait. Au-

tour d'elle, tout était larmes, gémissemens, dé-
solation. Le Roi s'est approché du maréchal
Gérard qui fondait en larmes, et lui a serré la
main avec une indicible expression de douleur
paternelle, de résignation magnanime et de fer-
meté toute royale.

La Reine avait refusé de remonter dans sa
voiture, et elle avait déclaré qu'elle accompa-
gnerait le corps de son fils jusqu'à la chapelle
du palais de Neuilly, où elle avait voulu qu'il
fût exposé. En conséquence, on avait fait venir
en toute hâte une compagnie d'élite du 17ᵉ régiment d'infanterie légère pour former la haie sur
le passage du cortége funèbre ; et c'est ainsi
que ces braves, qui avaient accompagné le
Prince royal dans le défilé des Portes-de-Fer et
sur les hauteurs de Mouzaïa, servaient aujour-
d'hui d'escorte à son convoi.

Le lugubre cortége se mit en route. Le lieutenant-général Athalin marchait en avant de
la litière qui était portée par des sous-officiers.
Derrière le corps suivaient à pied : le Roi, la
Reine, Mᵐᵉ la princesse Adelaïde, Mᵐᵉ la duchesse de Nemours, Mᵐᵉ la princesse Clémentine, M. le duc d'Aumale, M. le duc de Montpensier. Venaient ensuite M. le maréchal Soult,

les ministres, le maréchal Gérard, les officiers-généraux, les officiers du Roi et des princes, et toute la foule des assistans.

Le convoi parcourut ainsi l'avenue de Sablonville, franchit la vieille route de Neuilly, et entra dans le parc royal, qu'il traversa dans toute sa longueur. Le Roi n'avait voulu céder à personne le droit de conduire ce premier deuil de son fils aîné. Il est ainsi arrivé, accompagné de la Reine, jusqu'à la chapelle du château, où LL. MM., après s'être agenouillées devant l'autel, ont laissé le corps de leur enfant bien aimé sous la garde de Dieu !

Le soir, la famille royale s'était retirée. Le chancelier et les ministres seuls ont été admis chez le Roi. A sept heures, M. Bertin de Veaux, officier d'ordonnance du Prince royal, et M. Chomel, premier médecin de Son Altesse Royale, sont partis pour Plombières, où Mme la duchesse d'Orléans devait passer une saison de bain. Au milieu des émotions déchirantes de cette journée funeste, le souvenir de cette princesse infortunée n'a pas cessé d'être présent à la pensée de sa famille d'adoption, et son nom se mêlait à toutes les larmes. A neuf heures, Mme la duchesse de Nemours et Mme la princesse

Clémentine, accompagnées de Mme Angelet et de M. le lieutenant-général de Rumigny, ont également pris la route de Plombières.

La mort de Monseigneur le duc d'Orléans remplira d'une amertume sans remède les dernières années, et puissent-elles être nombreuses! de ce Roi au noble cœur, qui a vu passer sur sa tête tant de périls de toutes sortes, et qui n'a jamais été sensible qu'à ceux de ses enfans. « *Encore si c'était moi!* » disait le Roi, en tenant dans ses bras le corps défaillant de son fils.... La journée du 13 juillet ne laissera pas des traces moins profondes dans l'âme de cette Reine admirable, dont le premier cri, dans une si grande détresse de son cœur maternel, a été pour son pays! « *Quel affreux malheur pour la France!* » Oui, ce malheur est grand! et le pays le ressentira profondément.

Dans la nuit qui suivit cette catastrophe, S. M. la Reine voulut veiller elle-même près des restes mortels de son auguste fils; ses forces la trahirent; elle perdit connaissance; on fut obligé de reporter cette noble mère dans son appartement; — quoi qu'il en fût, dès que la

Reine eut repris ses sens, elle redescendit à la chapelle.

Le Roi supporte avec une énergie suprême cette accablante catastrophe ; rien n'est plus admirable que le courage dont S. M. fait preuve en ces douloureuses circonstances.

Dans le Conseil des ministres tenu le 14 juillet et présidé par le Roi, S. M. disait : « Le coup » qui nous frappe est terrible, mais il ne doit » pas ébranler notre confiance dans l'avenir. » Nous surmonterons toutes les difficultés. »

S. A. R. Monseigneur le duc de Nemours reçut à Nancy la nouvelle du malheur affreux qui a frappé sa famille ; elle lui parvint au moment où il était occupé à une inspection dans le quartier du 1er régiment de hussards, le même qui était si noblement commandé par le Prince royal en 1830. Une dépêche télégraphique, venue de Metz, avait averti le préfet de la Meurthe, M. Arnault. Le préfet l'avait communiquée au général Villatte, qui s'était chargé d'apprendre cette nouvelle au jeune prince ; mais en approchant de S. A. R., la force sembla lui manquer un instant pour accomplir sa triste mission. Le Prince l'aperçut qui pâlissait : « Qu'avez-vous, général ? vous paraissez souf-

frant ? — Oh ! Monseigneur, une horrible nouvelle arrive de Paris... — Je vous comprends.
Le Roi est tué !!... — Non ; mais le Prince
royal n'est plus ! Il est mort hier, à Paris, des
suites d'une chute de voiture !... »

Il n'est pas facile de donner une idée du désespoir qui s'empara en ce moment de M. le
duc de Nemours... Cette scène douloureuse se
passait, à sept heures du matin, au milieu de
tous les officiers du régiment rassemblés pour
le travail d'inspection. Il n'y eut qu'une voix
pour déplorer le malheur qui frappait la France ! Le 1er de hussards se ressouvenait de son
jeune et intrépide colonel. Il l'avait toujours
regretté. Il le pleurera long-temps ! — C'est à
la suite de cette accablante nouvelle que M. le
duc de Nemours a quitté Nancy, et qu'il s'est di-
rigé en toute hâte sur la capitale. S. A. R. ren-
contra à Bligny M. Bertin de Vaux, qui se rendait à Plombières par ordre du Roi, et reçut
de lui la connaissance des tristes détails de la
catastrophe dont il n'avait eu que l'annonce. Le
Prince était accompagné d'un seul officier d'ordonnance, M. Borel de Bretizel.

Après l'arrivée de Mgr le duc de Nemours, le
Roi, la Reine et la famille royale, qui s'étaient

portés au-devant de leur second fils, se sont rendus dans la chapelle, et ont assisté à la célébration de la messe.

Cependant S. A. R. Mme la duchesse d'Orléans, qui attendait à Plombières l'arrivée de son auguste époux, allait bientôt apprendre de quel terrible coup le destin venait de la frapper.

La fatale nouvelle parvint à Plombières dans la journée du 14. Monseigneur le duc de Nemours, avant de quitter Nancy, avait fait expédier à M. le lieutenant-général Baudrand une dépêche qui contenait ces mots : « Le duc d'Orléans est mort à Paris. » Quand le général reçut cette nouvelle, la duchesse venait de rentrer d'une longue promenade, et elle se préparait pour le dîner, auquel plusieurs personnes avaient été invitées. Le général courut chez le préfet, et en revint bientôt avec une nouvelle dépêche, rédigée par eux pour la circonstance, et dans laquelle il était question non plus de la mort, mais d'une maladie grave du Prince royal. La princesse reçut avec une émotion douloureuse cette première et prudente communication de l'affreux malheur qui devait la frapper. Elle voulut partir sur-le-champ, et le

général disposa tout pour son départ immédiat.
Deux heures après, S. A. R. était en voiture.
Elle voulut suivre la route de Neufchâteau,
pour éviter Nancy. « Le duc d'Orléans me
grondera, dit-elle, en partant ; mais n'importe,
mon parti est pris ! »

A quelques lieues en deçà d'Épinal, pendant
la nuit, la voiture de S. A. R. fut soudain arrê-
tée par la rencontre de celle qui devait conduire à Plombières M. le commandant Bertin
de Veaux et M. Chomel. Ce dernier s'approcha
de la portière de la Princesse, qui mit pied à
terre avec une vitesse extraordinaire. « Quelles
nouvelles ? demanda S. A. R. toute tremblante.
Il est donc plus malade ? « M. Chomel n'eut pas
la force de répondre. « Il est mort ! Je vous
comprends ! » s'écria la Princesse avec un ac-
cent déchirant ; et on eût dit qu'elle allait suc-
comber sous le poids de son malheur. La crise
fut longue et terrible... Après avoir dit qu'elle
comprenait, la Princesse ne voulait plus croire
à la réalité d'une catastrophe aussi épouvantable. « Non, cela n'est pas possible ! s'écriait-
elle avec angoisse. Vous vous trompez, il n'est
pas mort ! Nous le reverrons. Je le reverrai ! »
Cette scène de douleur, à laquelle l'obscu-

rité de la nuit ajoutait son deuil affreux, durait depuis long-temps. La Princesse fut reportée dans sa voiture; elle ordonna de faire la plus grande diligence. Elle voulait arriver à temps « pour revoir mort, disait-elle, celui que » le ciel l'avait condamnée à ne plus retrouver » vivant! »

Partout, sur le passage de S. A. R., les populations ont témoigné par leur contenance respectueuse, triste et consternée, la part qu'elles prenaient à son malheur.

A Neuilly, le Roi et la Reine attendaient S. A. R. à la descente de sa voiture, en avant du vestibule du *Petit-Château*, où les appartemens de la princesse avaient été préparés. Le Roi a reçu sa fille entre ses bras ; la Reine l'a inondée de ses larmes. La duchesse sanglotait..... Mais comment raconter une scène qui n'a pas eu de témoins ? Tout le monde s'était éloigné par respect pour ces premiers et augustes épanchemens d'une si grande infortune.

Mme la duchesse d'Orléans a demandé ses enfans, qui lui ont été amenés. Elle les a pressés sur son cœur en les baignant de larmes.

Ensuite S. A. R. a été conduite par LL. MM. dans la chapelle où repose le corps de Monsei-

3

gneur le duc d'Orléans. La princesse s'est agenouillée et a fait une prière. Puis elle a demandé avec instance que le cercueil lui fût ouvert..... Mais cette triste et suprême consolation ne pouvait plus être accordée à sa douleur.

La santé de la princesse ne paraît pas avoir été sérieusement ébranlée par l'horrible épreuve qu'elle vient de subir. Après un désespoir déchirant et dont ceux qui en ont été témoins ne parlent encore qu'avec des larmes, la duchesse d'Orléans a retrouvé le calme, le courage et la résignation que les âmes fortes savent opposer aux coups du sort. La veuve du Prince royal s'est souvenue qu'elle est la mère du comte de Paris. Fille adoptive de notre Roi, chère au pays qui aime en elle la réunion des plus rares qualités de l'esprit et du cœur, elle sait les grands devoirs de mère qui lui restent à remplir, et elle y prépare son âme au sein même de cette accablante douleur ! La duchesse d'Orléans était digne de s'asseoir sur un trône à côté du Prince que la France pleure en ce moment avec une si touchante unanimité. Elle se montrera digne encore d'un tel époux en apprenant à ses fils à imiter un tel père !

A dix heures LL. MM. et la famille royale étaient allées recevoir le comte de Paris et le duc de Chartres qui arrivaient en ce moment au château, conduits par Mme la marquise de Vins. Le comte de Paris et le duc de Chartres paraissaient jouir d'une bonne santé. Le Roi les a conduits dans l'appartement préparé pour LL. AA. RR. Les augustes enfans ignorent encore le malheur qui les a frappés, mais la contenance désolée de leurs parens et des personnes qui les entourent paraît les affecter péniblement.

Le 15 au matin, M. Pradier a procédé, dans la chapelle de Neuilly, à l'opération du moulage en plâtre du visage, des mains et des pieds de S. A. R. Monseigneur le duc d'Orléans. M. de Cailleux, directeur des musées royaux, accompagnait M. Pradier et a présidé à l'opération. Les traits du prince n'étaient nullement altérés par la mort. Ils étaient empreints d'une douceur et d'une sérénité ineffables. Le plâtre de M. Pradier est très-bien venu, et tout permet d'espérer qu'il reproduira la ressemblance exacte de ce malheureux Prince, dont il n'existe qu'un portrait fidèle, celui qu'a récemment achevé M. Ingres, et l'un des chefs-d'œuvre de ce grand peintre.

Après l'opération du moulage, on procéda à l'autopsie et à l'embaumement du duc d'Orléans.

Les médecins chargés de cette mission étaient MM. Fouquet, premier médecin du Roi ; Pasquier père, premier chirurgien du Roi ; Pasquier fils, deuxième chirurgien du Roi et du prince royal ; Auvity, médecin des enfans du Roi ; Blanche, médecin du duc d'Orléans ; Moreau et Blandin, chirurgiens consultans ; Destouches, médecin du palais de Neuilly. Ces messieurs s'étaient adjoint MM. les docteurs Alphonse Pasquier et Talon, ainsi que les deux pharmaciens du Roi, Séguin et Sauve.

M. le baron Athalin avait été désigné par le Roi pour assister à ces opérations.

L'autopsie a constaté : 1° que la mort du prince a été occasionnée par la fracture de la partie postérieure du crâne, fracture qui s'étend d'une oreille à l'autre, et qui remonte à droite jusqu'à l'os frontal, lequel est presque entièrement détaché de la tête ; 2° que tous les autres organes de S. A. R. étaient parfaitement sains et dans un état de conservation qui permet de supposer que le Prince, dont le régime était excellent et la vie admirablement réglée, aurait pu vivre très long-temps.

Un autre résultat de l'autopsie a été la conviction dans l'esprit des médecins que la tête du Prince avait dû supporter toute la violence de sa chute, aucune autre partie du corps n'étant sérieusement atteinte ; et, en même temps, que S. A. R. n'avait pas dû s'être jetée en bas de sa voiture, mais est tombée soudainement par l'effet d'une secousse qui, pendant le temps que le Prince est resté debout dans la voiture, lui aurait fait perdre l'équilibre.

Après l'autopsie le corps a été embaumé par les soins et en présence de la même commission médicale. Cette opération a durée cinq heures.

L'embaumement a été fait par la méthode égyptienne. Le corps a été revêtu d'un uniforme neuf de lieutenant-général et de tous les insignes ; il a été placé dans un premier cercueil en sapin doublé de soie, enfermé dans un cercueil de plomb soudé. Ce dernier a été enfermé dans un cercueil de chêne recouvert en velours.

Extrait des registres de l'état-civil de la Maison Royale.

Du mercredi treizième jour du mois de juillet mil huit cent quarante-deux, à dix heures du soir.

Acte de décès de très-haut et très-puissant prince Ferdinand-Philippe-Louis-Charles-Henri d'Orléans, duc d'Orléans, prince royal, né à Palerme, le trois septembre mil huit cent dix, fils de très-haut, très-puissant et très-excellent prince Louis-Philippe, premier du nom, Roi des Français, et de très-haute, très-puissante et très-excellente princessse Marie-Amélie, Reine des Français, marié à très-haute et très-puissante princesse Hélène-Louise-Elisabeth, princesse de Mecklembourg-Schwerin, décédé cejourd'hui, à quatre heures après midi, en une maison sise commune de Neuilly, département de la Seine, où il avait été transporté à la suite d'une chute de voiture.

Le présent acte dressé par nous, Etienne-Denis, baron Pasquier, chancelier de France, président de la Chambre des pairs, grand'croix de l'ordre royal de la Légion-d'Honneur, remplissant, aux termes de l'ordonnance royale du 23 mars 1816, les fonctions d'officier de l'état-civil des princes et des princesses de la Maison Royale, accompagné de Élie, duc Decazes, pair de France, grand-référendaire de la Chambre des pairs, grand-croix de l'ordre royal de la Légion-d'Honneur, asssisté de Alexandre-Laurent Cauchy, garde honoraire des archives de la Chambre des pairs, chevalier de l'ordre royal de la Légion-d'Honneur.

En présence et sur la déclaration de Jean-de-Dieu Soult, duc de Dalmatie, pair et maréchal de France, ministre de la guerre, président du Conseil des ministres, grand-croix de l'ordre royal de la Légion-d'Honneur, né à Saint-Amans-Labastide (Tarn), âgé de soixante-treize ans, premier témoin ;

Et de Nicolas-Ferdinand-Marie-Louis-Joseph Martin (du Nord), garde-des-sceaux, ministre de la justice et des cultes, grand-officier de la Légion-d'Honneur, né à Douai (Nord), âgé de cinquante-un ans, second témoin.

Fait au château royal de Neuilly, où nous nous sommes transportés, en vertu d'ordres du Roi, et où le corps du prince décédé, placé dans la chapelle du château, nous a été représenté par Louis-Marie-Jean-Baptiste, baron Athalin, pair de France, lieutenant-général, aide-de-camp du Roi, grand-officier de la Légion-d'Honneur.

Et ont, les personnes ci-dessus désignées signé avec nous, après lecture faite, au château de Neuilly, les jour, mois et an que dessus.

Signé : Maréchal duc de Dalmatie, N. Martin (du Nord), baron Athalin, Pasquier, le duc Decazes et Al. Cauchy.

Collationné au registre de l'état-civil de la Maison Royale.

Le garde des registres de la
Chambre des pairs,
E. CAUCHY.

Vu et scellé :

Le grand-référendaire,   Vu :

LE DUC DECAZES.   *Le chancelier de France,*
PASQUIER.

—

Le Roi a pris le deuil pour quatre mois, à dater du 14 juillet, à l'occasion de la mort de S. A. R. Monseigneur le duc d'Orléans.

—

Le cercueil qui renferme le corps de Monseigneur le duc d'Orléans restera exposé dans la chapelle de Neuilly jusqu'au 30 juillet.

Le 1er et le 2 août l'exposition du cercueil aura lieu dans l'église cathédrale de Notre-Dame, où la cérémonie des obsèques sera célébrée le 3.

Le Roi se rendra le 4 à Dreux, où S. M. assistera à l'inhumation de Monseigneur le duc d'Orléans dans les cavaux destinés à la sépulture de sa famille. Le corps sera transporté à Dreux dans la nuit du 3 au 4.

Les préparatifs sont commencés pour la cérémonie funèbre. Les tentures seront violet et or, comme à la cérémonie funèbre du 15 décembre, lors du retour des cendres de Napoléon. Les préparatifs se font sur une très-grande échelle. — M. Auber a été désigné, dit-on, pour composer la marche funèbre qui sera exécutée.

Monseigneur le duc d'Orléans semblait avoir le pressentiment de sa mort prochaine ; il disait, le 11 juillet, à sa sœur, la princesse Clémentine, qui lui parlait des chances glorieuses de son avenir : « Je mourrai jeune, ma sœur, je dois mourir bientôt. »

—

La maison dans laquelle Monseigneur le duc d'Orléans a rendu le dernier soupir a été fermée le lendemain de l'événement.

Des personnes envoyées du château ont fai un inventaire minutieux de tous les meubles et objets que renfermait la chambre ou Son Altesse Royale rendit le dernier soupir. Le locataire qui l'occupe, M. Cordier, voulait enlever une faulx suspendue à la muraille, mais on l'a prié de l'y laisser. On a, de plus, levé, de la manière la plus exacte, le plan de la chambre avec la place que chaque objet y occupe. Une pièce absolument pareille sera disposée, dit-on, au palais de Neuilly, et tous ces objets y occuperont la place où ils étaient dans la chambre où est mort le prince. Ce sera pour la Reine, qui en a exprimé le vœu, un triste et pieux souvenir.

L'achat de la maison a été également arrêté avec le propriétaire. Cette maison sera démolie, et une chapelle sera élevée sur son emplacement.

ORDRE DU JOUR DE L'ARMÉE.

Le roi et la France sont plongés dans la douleur. S. A. R. Mgr le duc d'Orléans, prince royal, est mort hier par suite d'une chute de voiture.

L'armée partagera cette douleur. Elle déplorera d'autant plus amèrement la perte d'un prince, espoir de la patrie comme il en était la gloire, qu'il prit part aux fatigues et aux périls du soldat qu'il aimait, et à qui il donna des marques de sa sollicitude, ainsi que l'exemple de toutes les vertus militaires, même du commandement, et de la bravoure la plus éclatante.

Le deuil sera pris immédiatement dans l'armée et porté jusqu'à nouvel ordre. Il sera mis des crêpes aux drapeaux, étendards ou guidons, les tambours seront couverts de serge noire ; il sera mis des sourdines et des crêpes aux trompettes. Les officiers porteront le crêpe à l'épée.

Le cruel événement que déplore la France excitera le dévoûment de l'armée et resserrera les liens qui l'unissent au Roi et à son auguste famille.

Signé : Maréchal DUC DE DALMATIE.

De tous les points de la France arrivent, à l'heure où nous écrivons, les témoignages publics de la douleur générale.

M. le maréchal ministre de la guerre a reçu des lieutenans-généraux qui commandent les divisions militaires des rapports qui contiennent l'expression de la douleur universellement ressentie dans tous les régimens de la circonscription soumise à leur commandement.

Paris est calme et consterné.

A l'une des personnes qui s'empressaient auprès de la Reine, S. M. disait : « J'étais trop heureuse et trop fière de *lui*. Dieu me *l'a* enlevé. »

—

Et maintenant, sous le coup du malheur irréparable que nous déplorerons toujours, inscrivons ici l'expression de nos espérances les plus chères, les plus précieuses ; le vœu de la France entière, l'espoir de notre avenir :

VIVE LE ROI !